1494

FERNANDO'S GIFT

EL REGALO DE FERNANDO

DOUGLAS KEISTER

SIERRA CLUB BOOKS FOR CHILDREN

SAN FRANCISCO

First Edition

Spanish translation: Mario Reposo and Margaret E. Hines
Book and jacket design: Big Fish Books

Printed in Hong Kong on acid-free paper made entirely from tree-farm wood. No chlorine was used in the making of this paper.

10 9 8 7 6 5 4 3 2 1

Author's acknowledgments

I am extremely grateful to Gustavo Caldarelli of Eco-Era, a rain forest preservation organization based in San Rafael, California, for his generous assistance during my two research trips to Costa Rica. Not only did he allow me to visit and photograph Eco-Era land, he was very helpful in making arrangements with the Vanegas family, whose story appears on these pages. Gustavo also introduced me to Dario Castelfranco, director of the Jardin Gaia Wildlife Breeding Center in Quepos, Costa Rica, who kindly allowed me to photograph at that facility.

Very special thanks go to the Vanegas family for allowing me to share — and photograph — their daily lives, and for taking the time to show me their love for the land.

Hat's off to Helen Sweetland for her expert guidance; to Joan Knight for her work on the text; to Sandy Schweitzer for her creative input; and to Andrea Brown, Michael Larsen, and Elizabeth Pomada for showing me the way. Finally, I would be remiss in not thanking Bill and Dr. Bob. Thanks for being there.

Library of Congress Cataloging-in-Publication Data

Keister, Douglas
    Fernando's gift = El regalo de Fernando / Douglas Keister.
        p. cm.
    Summary: One day young Fernando, who lives in the rain forest of Costa Rica with his family, goes with his friend Carmina to look for her favorite climbing tree only to find it cut down.
    ISBN 0-87156-414-9
    [1. Costa Rica — Fiction. 2. Rain forests — Fiction. 3. Deforestation — Fiction. 4. Friendship — Fiction. 5. Spanish language materials — Bilingual.] I. Title. II. Title: Regalo de Fernando.
PZ73.K43 1995
[E] — dc20
                                        94-38041

For the children

Para los niños

My name is Fernando Vanegas, and I live deep inside the rain forest in Costa Rica. My father, Jubilio, built our house himself. The walls are wood, and the roof is made of tin. At night, the sound of the rain on the roof sings me to sleep.

Mi nombre es Fernando Vanegas y vivo en la parte más profunda de la selva de Costa Rica. Mi papá, Jubilio, construyó nuestra casa solo. Las paredes son de madera y el techo está hecho de hojalata. Por la noche, el sonido de la lluvia cayendo en el techo me arrulla.

Before breakfast each morning, while my mother, Cecilia, gives my little sister, Evelyn, her bath, the men in my family gather on the porch and talk. Sometimes my grandfather, Raphael Dias, tells us stories. Even our two dogs seem to listen! I hear that in some other places, they give dogs special names, just like people. We call our dogs Brown Dog and Black Dog.

Todas las mañanas antes del desayuno, mientras mi mamá, Cecilia, baña a mi hermanita, Evelyn, los hombres de mi familia se reúnen en el portal y conversan. Hay veces que mi abuelo, Rafael Días, nos cuenta historias. ¡Hasta nuestros dos perros parecen escuchar! He oído que en otros lugares, les dan nombres especiales a los perros, igual que a las personas. A nuestros perros les llamamos Perro Café y Perro Negro.

My father says that he will spend most of the day tending our crop of achiote, a plant that's used to make red dye. Other days, my father spends his time planting trees. He also has a job teaching people about the rain forest.

Mi papá dice que se pasará la mayoría del día cuidando nuestra cosecha de achiote, una planta que se usa para hacer tinte rojo. Otros días, mi papá pasa el tiempo sembrando árboles. Él también trabaja educando a las personas sobre la selva.

When it's time for breakfast, my father milks the cow, and my mother and Evelyn chop onions to flavor our meal. This morning we're having rice and beans. If I'm not too full, I might have a banana, too. They grow right outside our house — all I have to do is pick one!

A la hora del desayuno, mi papá ordeña la vaca, y mi mamá y Evelyn cortan cebollas para darle sabor a nuestra comida. Esta mañana comeremos arroz y frijoles. Si no estoy muy lleno, puede ser que coma un plátano, también. Ellos crecen afuera de nuestra casa — ¡solamente tengo que recoger uno!

After breakfast, I go to school. It's not very far — only about three miles from our house. Often my grandfather and the dogs walk with me. Grandfather knows everything about the rain forest and what to look for along the way: fruits and nuts, insects and lizards, beautiful flowers, maybe even a bright red parrot. This morning he wants to show me a family of squirrel monkeys. They're not easy to find anymore. Grandfather says that when he was a child, there were many monkeys in the rain forest.

Después del desayuno, me voy a la escuela. No queda muy lejos — solamente unas tres millas de nuestra casa. A menudo mi abuelo y los perros me acompañan. Abuelo sabe todo sobre la selva y lo que se debe buscar en el camino: frutas y nueces, insectos y lagartos, bellas flores, y con suerte un loro rojo brillante. Esta mañana me quiere enseñar una familia de titíes. Ya no son fáciles de encontrar. Abuelo dice que cuando él era niño, había muchos monos en la selva.

Grandfather spots a squirrel monkey at last. He says it's a full-grown adult, even though it's very tiny. Suddenly we hear howler monkeys barking in the treetops above us. The dogs bark right back. The rain forest can be a noisy place sometimes!

Al fin Abuelo encuentra un tití. Dice que es un adulto maduro, aunque es muy pequeño. De pronto oímos unos monos aulladores ladrando en las copas de los árboles encima de nosotros. Los perros les contestan ladrando. ¡Hay veces que la selva es un lugar de mucho ruido!

My school is in the village of Londres. Sometimes our teacher, Mr. Cordova, holds classes outside. Today is a special day at school. It's my friend Carmina's eighth birthday. I want to give her a present, but I haven't decided on one yet.

Mi escuela está en el pueblo de Londres. Hay veces que nuestro maestro, el Sr. Córdova, da las clases al aire libre. Hoy es un día especial en la escuela. Mi amiga Carmina cumple ocho años. Le quiero dar un regalo, pero no he escogido uno todavía.

After school, Carmina and I go fishing. We have a favorite place — a small stream that flows into the big river, Rio Naranjo. On our way to the stream, we see friends from school diving into the cool river waters. We fish for a while, but there are no trout today. We'll have to have something else for supper.

Después de las clases, Carmina y yo vamos a pescar. Tenemos un lugar favorito — un pequeño arroyo que desagua en el río grande, el Río Naranjo. En camino al arroyo, vemos a unos amigos de la escuela saltando al agua fresca del río. Pescamos por un rato, pero hoy no hay truchas. Tendremos que comer otra cosa para la cena.

Carmina wants to show me her favorite climbing tree. It's called a cristobal — and it's a very old one. Carmina's grandfather used to play in it, too, when he was our age. But when we get there, we see that someone has cut the tree down. Who would do such a thing? Maybe my grandfather knows the answer.

Carmina me quiere enseñar su árbol favorito para trepar. Se llama un árbol cristóbal y es muy viejo. El abuelo de Carmina jugaba en él también cuando tenía nuestra edad. Pero cuando llegamos, vemos que alguien lo ha cortado. ¿Quién habrá hecho tal cosa? Quizás mi abuelo sepa.

Grandfather explains that people have been cutting down trees in the rain forest for many years. Often they don't understand the harm they are doing. He tells us that when trees are cut down, animals no longer have a place to live. Trees also help to keep the soil from washing away. Grandfather says that this is why my father's job planting trees and teaching people about the rain forest is so important. Suddenly I know what I will give Carmina for her birthday.

Abuelo nos explica que hace muchos años que la gente corta los árboles en la selva. Con frecuencia ellos no comprenden el daño que hacen. Nos dice que cuando los árboles se cortan, los animales ya no tienen donde vivir. Los árboles también ayudan para que la tierra no se desgaste con el agua. Abuelo dice que por eso el trabajo de mi papá, plantando árboles y educando a las personas sobre la selva, es muy importante. De pronto sé lo que le daré a Carmina para su cumpleaños.

My father has a plant nursery with lots of small cristobal trees in it. If I do some chores for him, he will give me one. That will be Carmina's birthday gift. I decide to let her choose the tree she wants. Then Carmina asks my father if he knows of a place in the rain forest where her tree will be safe.

Mi papá tiene un criadero de plantas con muchos árboles cristóbal. Si hago unas tareas para él, me dará uno. Será el regalo de cumpleaños para Carmina. Decido que ella puede escoger el árbol. Después Carmina le pregunta a mi papá si conoce un lugar en la selva donde estará seguro su árbol.

My father and I know a secret spot deep in the rain forest, near a waterfall. It's a long way, even on horseback. No one else seems to know about it. Carmina's tree should be safe there.

Mi papá y yo sabemos de un lugar secreto en la parte más profunda de la selva, cerca de una cascada. Queda muy lejos, hasta a caballo. Nadie más sabe de este lugar. El árbol de Carmina debe estar seguro allí.

After riding for many miles, we reach our secret spot. Carmina and I plant the little tree together. We make a wish that it will be safe and live a long, long time.

Después de montar a caballo por muchas millas, llegamos a nuestro lugar secreto. Carmina y yo sembramos juntos el arbolito. Deseamos que esté seguro y que viva por mucho, mucho tiempo.

Now, my father and I go to our secret spot whenever we can. Often Carmina comes with us. We may fish or swim or play under the waterfall, but our visits always end with a picnic at Carmina's tree. On our way home, we are happy knowing that it grows tall and strong.

Ahora, mi papá y yo vamos a nuestro lugar secreto cada vez que podemos. Con frecuencia Carmina viene con nosotros. Puede ser que pesquemos, nademos o juguemos debajo de la cascada, pero nuestras visitas siempre terminan con una merienda debajo del árbol de Carmina. En camino a casa, estamos contentos de saber que crece alto y fuerte.

Author's Note

When I first traveled to Costa Rica to research and photograph this book, I was already committed to the cause of rain forest preservation. But it was meeting the Vanegas family that made the issue personal for me. As I got to know them and watched them going about their daily lives, I quickly came to see the land through their eyes. Like many of the rural people of Costa Rica, they had always depended on the bounty of the land for their living. But all around them, that land has been cleared — in the name of progress — for banana and coffee plantations, for cattle grazing, and for timber. Since the turn of the century, almost 90 percent of Costa Rica's old-growth rain forest has been cut down.

Now the Vanegas family and others like them are learning to become caretakers of the land they love so dearly. They are working to preserve what is left of the rain forest. And, like Fernando and Carmina, they are helping to reestablish the forest by planting new trees. Although the destruction continues, they have not given up hope. They need our support and understanding in their fight to save the living treasure that is the tropical rain forest.

Nota del Autor

Cuando viajé a Costa Rica por primera vez para realizar las investigaciones y fotografías para este libro, ya estaba comprometido en la lucha por la conservación de la selva tropical, pero conocer a la familia Vanegas me involucró en este problema de una manera más personal. A medida que convivía con ellos y observaba sus actividades diarias, iba viendo la tierra a través de sus experiencias. Como otros muchos campesinos costarricenses, los Vanegas siempre habían dependido de la generosidad de la tierra para su subsistencia. Pero, a su alrededor, ésta había sido desmontada en nombre del progreso para plantaciones de plátanos y café, pastizales y compañías madereras. Desde principios de siglo, casi el 90 por ciento de la selva tropical costarricense ha sido talada.

La familia Vanegas, y otros como ellos, están aprendiendo a convertirse en guardianes de una tierra a la que aman profundamente, trabajando para conservar lo que aún queda de selva tropical. Como Fernando y Carmina, contribuyen a recuperar la selva plantando nuevos árboles. Aunque la destrucción continúa, no han perdido la esperanza. Y necesitan nuestro apoyo y comprensión en su lucha por salvar ese tesoro vivo que es la selva tropical.